Francesco Micieli

Über das Gras gehen

verlag die brotsuppe

Francesco Micieli

Über das Gras gehen

verlag die brotsuppe

Für die Kinder, deren Reise wegen Krieg, Armut und Hungersnot weg von den Eltern geht.

I

Über das Gras gehen, früh am Morgen, wenn noch niemand Spuren gelegt hat, als sei alles noch unberührt, und das Gras den besonderen Geruch aussendet, diesen zarten Berühr-mich-nicht-Duft, und die kleinen Lebewesen in die vermeintlich rettenden Höhlen flüchten, als wären diese Füsse ein gefährliches Monster, was sie für die Tierchen auch sind. Dieser Geruch stieg ihm durch die Nase in den ganzen Körper und machte ihn traurig und schwer. Das Gewicht der Welt.
All der Himmel über ihm.
Es war so weit. Der Tag war gekommen. Grossvater würde mit ihm in den Bus steigen und würde ihn zum Bahnhof begleiten. Das Wort Bahnhof war eine Bedrohung.

Es war das Wort, das Menschen zum Verschwinden brachte.
Der Bahnhof war kein Hof, in welchem man blieb.
Er sollte auch verschwinden.
Wir müssen bald los. Steig vom Baum runter.
Das Gras hatte seine Spuren schon fast verwischt. Es galt auf dem gleichen Weg zurückzugehen, alles andere brachte Unglück, dachte er.
Er musste ganz genau hinschauen – seinen Fussabdruck erkennen.
Mussten alle Menschen mal weggehen?
Ameise, sag, musst du weggehen? Hast du einen Bahnhof?

Der Grossvater sah aus wie ein Händler.
Ein lieber Händler. Einer von denen, die dir nach dem Kauf noch etwas schenken.

Grossmutter weinte.
Er spürte, wie ihre Umarmung in ihm ein Lied sang.
Es war eines dieser Lieder, die in der Dunkelheit gesungen wurden. Lieder, die Licht zu machen schienen.

In ihm wurde alles weiss.
Grossmutter verschwand im Haus. Das Haus verschwand hinter dem Weiss.

Für Grossmutter war alles belebt und voller Geister.
Sie spürte manchmal deren Atem.
Manchmal musste etwas umgestellt werden in der kleinen Wohnung, weil ein Geist sich daran gestört hatte, oder wir mussten draussen auf dem Feld unseren Weg ändern, weil da etwas war, das in Ruhe gelassen werden wollte.
Wenn Grossvater dabei war, musste besprochen werden, aber da er wenige Wörter kannte, gab er seiner Frau recht.
Wir hatten wenige Wörter zur Verfügung. Die Sprache war wie ein Tauschhandel. Wenn neue Sachen ins Dorf kamen, gaben wir ihnen ein Wort, eine Bezeichnung. Wir setzten neue Begriffe zusammen. Manchmal hatten die neuen Sachen schon einen Namen.

Er konnte nicht weinen, nicht in jenem Augenblick.
Er wusste, dass er später einmal weinen würde, wenn die Erinnerung in ihm auf-

stiege und ihn aufwühlte, wie die kleinen Beben, die er immer wieder empfand, wenn er an die Möglichkeit dachte, dass all das, so wie es jetzt war, nicht mehr wäre.

Im Bus entdeckte er, wie Landschaften vorbeiziehen, als seien sie Vorhänge. Er entdeckte auch, dass in der Mitte der Landschaft es einen Punkt gab, der unbeweglich schien. Vielleicht war an diesem Punkt die Landschaft aufgehängt.
Vorbeiziehende Landschaften sind friedlich, sagte der Grossvater, es scheinen keine bösen Gedanken darin zu stecken, kein Streit, keine Trauer, keine Krankheit.
Die Menschen in den Landschaften schienen ihm wie Figuren aus einem Märchen, ihr Tun war eine Zauberei.

Die Bilder der Kinder mit den leeren Pfannen in den Händen.
Ihr hungernder Blick nach Frieden und Essen.
Sie haben keine Wörter mehr für all das Schreckliche.
Die Sprache ist, wie ihre Häuser auch, ein zerstörtes Feld.

Zeitung, am Boden liegend

Das Kind kann nicht so auf die Reise, hatte Grossmutter gesagt.
In den Kleidergeschäften war Grossvater unbeholfen.
Vor ihnen lag eine Auswahl an kurzen Hosen. Kinder hatten noch kein Anrecht auf mehr Stoff.
Lange Hosen waren für Menschen, die das Leben im Griff haben. Ja, so musste es sein.
Deine Eltern werden staunen, sagte der Verkäufer, mein Grossvater hat mir nie Hosen gekauft.
Die Reise würde sich in die nackte Haut einbrennen, Spuren hinterlassen wie die Sonne, wenn man sich in ihrem Licht vergass.
Der Verkäufer packte die Hosen in Papier ein und fragte, wo geht es denn hin?
Seine Hände hatten Haare und sahen aus wie kleine Tiere.
Wo geht es denn hin, wiederholte der Verkäufer, nachdem er seine kleinen Tiere gebändigt hatte.
Zu den Eltern, sagte Grossvater.
Sie werden die neuen Hosen mögen, murmelten die Tierchen.
Draussen stand eine Wand aus Hitze und Gestank, Hupen und Lärm. Er fragte sich,

warum alles so laut sein musste. War das Sein an einen gewissen Laut gebunden und das menschengemachte Sein an Lärm, und dann an Lärmdämmung?
Der Bahnhof war eine Ansammlung von Ruinen. Davor und darin waren Menschen gestapelt. Menschen, die laut gegen die Züge ansprachen.
Er spürte eine kleine Panik in sich aufkommen, seine Hand klammerte sich an die Hand des Grossvaters.
Das wird schon gehen, kleiner Mann!

Die Frage, wie die letzte Umarmung mit dem Grossvater sein sollte, lastete auf seiner noch nicht so starken Brust. Kraftübungen. Abschiedszeichen in die ausgelaugte Luft.
Bei einem Händler auf dem Bahnsteig kaufte Grossvater einen Proviantsack. Darin waren zwei Flaschen Wasser, undefinierbar bestrichene Brote, alles roch nach aufgewühltem Meer. Für die Reise, sagte er.
Er war da, der Augenblick, den er gerne aus der Zeit herausgeschnitten hätte, damit er sich nicht ereigne.
Grossvater hielt ihn fest umschlossen. Sein kleines Herz pumpte gegen den Abschied.

Er spürte die Wärme des Körpers seines Grossvaters. Er hörte seinen Namen, wie herausgefallen aus einer langen Rede. Er klammerte sich noch fester, um nicht zu ertrinken auf dem Bahnsteig, als hinter Grossvater er den Zug einfahren sah.

Plastikflaschen, Scherben, Dosen lagen da, als wären sie von Forschern aus der Zukunft ausgegraben worden, um zu verstehen, was das für eine Gesellschaft gewesen ist. Der Geruch der vielen Menschen machte aus allem eine unwirkliche Wolke, in der sich das alles ereignete. Billige Parfums, Wundsalben, Salamischeiben, Omeletten. Die Bäume neben den Geleisen sahen schweigend zu, sie wirkten krank.

Und plötzlich stand er im Zug und sah sich winken und sah, wie der Grossvater grosse Handbewegungen machte, als wolle er die Wolke herunterholen, die Wortwolke Abschied.

Ich sehe mich, wie ich früher, als ich noch kleiner war, dem Grossvater beim Rasieren half. Ich schaute genau auf sein Kinn hinauf und konnte die Stellen angeben, die nicht gut rasiert waren. Um diese Stellen zog ich mit meinen kleinen Fingern einen Kreis. Grossvater lachte, weil es ihn kitzelte.

Odi schaute ganz streng in die Landschaft, nur so konnte er das Weinen aufhalten.

Odi, so hatte ihn seine Mutter nennen wollen. Sie habe das Wort aus einem Gedicht, sagte sie. Es konnte aber nicht geklärt werden, welches Gedicht sie meinte. Bestimmt nicht Odi et amo von Catull, denn sonst würde sein Name *hasse* bedeuten, und er konnte kaum Hass aufbringen. Sein Grossvater nahm an, die Mutter denke an Ode, ein Wort, das auf Griechisch Gesang heisst. Gesang sei für ihn aber auch nicht angebracht, dachte er, denn er sang kaum besser als die Frösche im Teich beim Haus der Grosseltern.
Grossmutter und Grossvater liebten es, das O in die Länge zu ziehen, wenn sie ihn riefen.
Oooodi.

Und jetzt waren sie beide weg.
Nein, du bist weg! So ertönte es in seinem Kopf. Du sitzt im Zug, der dich wegbringt.
Odi sah, wie sie auf der Treppe vor dem Haus sassen und in die Ferne schauten, ohne ein Wort zu sagen. Sie hatten die schönste Stille, die er kannte.

Unter meinem Pullover – ich durfte Grossvaters Pullover anziehen – trug ich ein Schild mit zwei Adressen drauf. Auf der einen Seite war die Adresse meiner Eltern. Auf der anderen die meiner Grosseltern. Ich war mir sicher, ich würde verloren gehen und nicht bei meinen Eltern ankommen.

Die Eltern wollten am Bahnhof auf ihn warten. Sie würden, wie auf dem Foto, als Paar dastehen und nach ihm Ausschau halten.

Schau dir die Wörter genau an, Odi, schau sie so genau an, wie du die Gräser auf dem Feld und die Bäume im Wald anschaust.

Er hatte von seiner Grossmutter gelernt, den Wörtern nicht immer zu trauen. Da waren viele, die lieb daherkamen und sich danach als gefährlich entpuppten.
Odi stellte sich die Sprache so vor wie die Schublade der Grossmutter, da waren neben besonderen Steinen, Brillen und Schrauben auch Rezepte, die auf eine gefährliche Krankheit hinwiesen, oder manchmal Insekten, die ihn erschreckten und verwirrten.

II

Erst nach einer Weile merkte Odi, dass er in seinem Abteil der Jüngste war. Nicht der Kleinste. Seine Grosseltern hatten bewusst nie die Hand auf seinen Kopf gelegt, um sein Wachstum nicht zu unterbrechen, denn er sollte gross und stark werden, deswegen war er nicht der Kleinste, dachte er.
Ihm gegenüber sass eine Frau, und neben ihm ein Mann, der schlief.
Wie selbstsicher gewisse Menschen schlafen konnten, als gäbe es keine Gefahr, als wäre kein Stören möglich.
Der Mann schnarchte und saftete aus einem Mundwinkel.
Die Frau lächelte und machte ein Zeichen, das bedeutete, wir lassen ihn in Ruhe. Ein müder Mensch.

Die Frau schälte eine Orange und hielt ihm einen Schnitz hin.
Es wäre unhöflich gewesen, nein zu sagen.

Wohin?
Zu den Eltern.
Ist da Krieg?
Krieg?
Es ist ja plötzlich überall Krieg.

Die Orange war so saftig und süss. Fast wäre er ohnmächtig geworden.

Da ist kein Krieg, glaube ich.

Die Gespräche der Menschen flossen in den Klang des Zuges. Warum erzeugt alles Lärm, was der Mensch zur Bewegung gebaut hat?
Die Frau packte Brote aus.
Iss und vergiss. Grazie wie die Grazien. Ich heisse Graziella.
Hatte sie gesprochen? Oder war das nur in seinem Kopf?
Sie kam näher zu ihm, schnüffelte, wie ein Hund. Hm, ich rieche ein kleines Dorf, Trauer und Mut.

Gerüche erzählen uns spannende Geschichten, sagte sie. Der Geruch der Züge, eine Mischung aus Meer und Ausdünstung der Körper, 37 Grad, eine Menge Kleider. Da treffen sich viele Gerüche.
Ich kann Menschen in Schweinchen verwandeln.

Er wusste nicht, ob er dazu etwas sagen sollte. Ich lächle ein wenig, dachte er.

Keine Angst, dir mache ich nichts. Ich verwandle dich nicht.
Wie heisst du?
Odi.
Odi, hm. Welch ein schöner Name. Zum Glück nicht Odin.

Er verstand die Anspielung nicht. Niemand hatte ihn Odin genannt.

Er musste alles genau beobachten, um nicht traurig zu werden, ohne seine Grosseltern, seine Freunde, seine Räume. Ohne den Geruch des Dorfes.
Die Trauer war ihm ein scharfes Messer.
Er senkte den Kopf.

Er kam aus einer Sprache, in welcher es kein Wort für Liebe gab.
Jetzt mussten sich seine Grosseltern einsam vorkommen, nur zu zweit am Tisch, etwas essend, in den Raum starrend. Das Kind, nannte ihn die Grossmutter. Das Kind, nannte er sich von nun an.
In den Augen der Frau sah er Kriege, Kinder mit halben Gesichtern, ihr Blick ein Starren. Die Frau hielt ihm ein Brot hin, ohne zu wissen, was sie in den Augen hatte. Oder wusste sie es?

Der Druckschlag eines anderen Zuges erschreckte sie, das Brot fiel zu Boden. Er fragte sich, ob das Fleisch aus verwandelten Menschen stammte.

Er hatte das Gefühl, dass er aus seiner Haut fuhr wie der Zug aus der Landschaft. Erinnerungen kamen auf an die Übungen am Fluss mit seinem Grossvater, um herauszufinden, ob der Fluss sich veränderte, während immer anderes Wasser in ihm floss. Der Fluss machte Grossvater traurig, aber manchmal sprangen da Fische heraus, da lachte er. Sie springen von der Zeit weg, sagte er.

Die Frau kämmte ihr Haar. Einige Haare fielen auf den Boden, wie Blütenstaub.
Deine Eltern werden stolz sein auf dich, sagte sie, nicht alle nehmen eine Reise zu den Eltern auf sich.
Er wusste nicht, ob er darauf etwas sagen sollte. Der Satz lag da wie die Haare auf dem filzigen Boden.

Kinder werden, während sie auf das ihnen zustehende Wasser warten, durch Präzisionswaffen erschossen.
Die geschwächten Angehörigen warten zu Hause vergeblich auf Kind und Wasser.
Ihre Kraft reicht nicht mal für die Trauer.

Ein Schmerz aus der früheren Zeit klopft dumpf in ihre Erinnerung.
Die Kinder werden Racheengel und gelangen in die Träume der Mörder.

Tageszeitung neben schlafendem Mann

III

Wenn Landschaften so vorbeigehen können wie Fotografien, die man so schnell anschaut, als wären sie Spielkarten, dann stellt sich die Frage, ob das alles wirklich ist oder ob der Zug nur so tut, als würde er reisen, und alles ist Camouflage.
Der schlafende Mann war erwacht. Er schaute verloren in das Abteil, dann nach draussen, und sagte leise: *Maskirovka*. Die Frau gab dem noch staunenden Mann ein Brot. Er verschlang es, ohne etwas zu sagen, als hätte er seit Tagen nicht mehr gegessen.
Die Türe öffnete sich, der Schaffner trat in den Raum, es roch nach Schweinfleisch. Auf seinem Namensschild stand Charon. Er lächelte kalt und seine Augen funkelten. Sind

Sie schon wieder unterwegs, sagte er zur Frau, gehört das Kind zu Ihnen?
Ja, sagte die Frau, bis ich aussteige.
Odi suchte die Fahrkarte, die ihm der Grossvater mitgegeben hatte, die Fotografie der Eltern klebte daran.

Deine Eltern?
Ja.
Sie sehen aus wie richtige Eltern.
Wie sehen richtige Eltern aus?

Der Mann war wieder eingeschlafen. Im Schlaf reisen.

Die Situation von jungen, noch nicht schulpflichtigen Kindern bis zu vier Jahren, die in der Nothilfe leben, zeigte sich als besonders problematisch. Ganz grundsächlich ist die frühe Kindheit aufgrund der erhöhten Plastizität des Gehirns in den ersten Lebensjahren eine ausserordentlich wichtige Lebensphase. Was in dieser Zeit passiert, prägt die Entwicklung und Gesundheit eines Menschen für das ganze Leben und ist nicht oder nur teilweise reversibel.

Patricia Lannen und Raquel Paz Castro

IV

Als Odi aus einem wirren Traum erwachte, war die Frau mit den Blütenstaubhaaren nicht mehr da. Auf seinem Schoss entdeckte er ein Süssgebäck, in Zeitungspapier eingepackt.

Für dich, Odi, genug essen bitte, damit du gross und stark wirst. Ich gehöre zum Gesindel der Nacht.

Er war enttäuscht, gerne hätte er sich von ihr verabschiedet. Durch ihr Fehlen kam es ihm so vor, als sei er nicht mehr im selben Zug, als habe er im Schlaf eine Reise in eine andere Welt gemacht.
Und doch war er in dem fahrenden Zug, in welchen er eingestiegen war, den Gross-

vater verlassend, seine winkenden Hände, die sich bewegten wie die Tauben im Dorf, wenn sie aufgescheucht wurden.
Er war im Zug zu seinen Eltern.

V

Auch in der Zeitung hatte sie ihm einen Zettel hinterlassen. Da stand, die Jugend solle die Zukunft übernehmen. Es solle keine Welt mehr geben, die von Männern mit einer Altersaggression im Endstadium regiert wird.
Er wusste nicht, ob er verstand, was sie meinte, aber er spürte eine Kraft, die sich wie etwas Gutes anfühlte.
Die zwei Männer, die da sassen, wo sie gesessen war, sprachen darüber, wie sie den Risotto kochten.
In ihren Augen sah er Stürme und Fluten.
Er konnte sich nicht mehr erinnern, wann das mit diesen Bildern angefangen hatte.
Es waren Augen-Blicke, die etwas in ihm auslösten.

Immer wenn er besonders aufgewühlt war, sah er in den Augen der Menschen eine ganz andere Wirklichkeit.
Der Zug hielt an. Die Risotto-Männer stiegen aus. Ein paar Reiskörner fielen zu Boden.
Draussen entdeckte er eine Gruppe Mädchen, sie waren angezogen wie Fischerinnen, sie sangen so schön, eine winkte ihm zu, die anderen tanzten und erinnerten ihn an die Blumen auf dem Feld in seinem Dorf. Der Gesang war unhörbar, und doch ging er direkt in den Körper, und er merkte, wie alles in ihm aus dem Zug springen wollte zu diesen Mädchen hin, dem winkenden Mädchen in die Arme.
Ja nicht aussteigen, sagte der Mann, als würde er im Traum sprechen.
Alles an ihm wollte aus dem Zug gehen, um diesen Mädchen zuzuhören oder sie gar zu umarmen.
Zum Glück nahm der Zug wieder an Fahrt auf. Die Mädchen verwandelten sich zu einer leuchtenden Nebelschwade. Hinter der Nebelschwade war ein riesiges Plakat: *Qatar Airways*.
Er bemerkte, dass der Mann eine Beule auf der Stirn hatte, und bei geschlossenen Au-

gen sah es so aus, als könne er aus dieser Beule sehen und alles kontrollieren.
Als später der Mann ihn nach seinem Namen fragte, brachte er keinen Ton heraus.
Dann bist du niemand, lachte der Mann.
Sein Lachen liess den Zug erzittern, fast so, wie wenn ein anderer Zug deinen Zug kreuzt, mit grosser Geschwindigkeit, und es mit einer Druckexplosion die Fenster eindrückt.
Der Mann mit der Augenbeule schien selber überrascht zu sein.
Vielleicht bin ich wirklich niemand, dachte er, wie all diese Kinder, die übers Meer kommen und nur jemand werden, wenn es eine Bezeugung gibt, dass sie jemand sind.
Meine Eltern können bezeugen, dass ich jemand bin.

Wenn er dachte, dass er bald seine Eltern umarmen würde, spürte er diese Regung, die in sich selbst schön war, auch ohne die Anwesenheit der Eltern, und wie etwas Kostbares leuchtete.

Bei einer Wahrnehmung »auf den ersten Blick« kann es gut sein, dass wir stereotype Vorstellungen reproduzieren, Machtgefälle nicht berücksichtigen, vielleicht sogar Schuld zuweisen oder durch gut gemeinte, aber vereinnahmende »Hilfe« die für Kinder und Jugendlichen so wichtigen Erfahrungen von Ermächtigung und Selbstwirksamkeit verhindern. Dann lohnt es sich zu einem »zweiten Blick« zu wechseln.

Carola Mantel

VI

Plötzlich ist jemand weg, eine Zeit hört auf zu sein, alles Geliebte verschwindet. Und du wirst nicht unglücklich, nein, du wirst traurig. Es stellt sich keine Wut ein, auch keine Panik und kein Unglück, es stellt sich Trauer ein.
Er träumte von einem Pferd, das dem Pferd aus Holz glich, das sein Grossvater für ihn geschnitzt hatte. Es war ein knorriges Pferd.

Das Märchen der Grossmutter

Einmal ging ein Mann in einen Garten, um Gemüse zu pflücken. Er wollte einen grossen Kohlkopf ernten. Statt des Kohlkopfs schnitt er einen Pilz ab; aber das war kein Pilz, es war das Ohr der Mamadraga. Die Mamadraga stiess einen Schrei aus und machte sich auf den Weg, um den Mann zu essen.
Jener, ganz erschreckt, bat sie um Verzeihung. Sie werde ihm nichts tun, sagte sie, wenn er ihr eine seiner Töchter bringe. Der Mann brachte ihr wirklich eine Tochter.

In der Früh ging die Mamadraga aus.
Bevor sie ausging, befahl sie dem Mädchen, dass es einen Holzlöffel essen müsse. Das Mädchen versuchte ihn zu essen, doch es konnte es nicht und warf den Löffel auf den Mist.
Nach einiger Zeit kam die Mamadraga zurück und rief den Löffel. Der Löffel sagte ihr, dass er auf dem Mist sei, da ass die Mamadraga das Mädchen.
Nach einigen Tagen kam der Vater des Mädchens und fragte nach seiner Tochter.

Die Mamadraga sagte ihm, wenn er sie sehen wolle, müsse er ihr die andere Tochter bringen.
Er brachte sie ihr, und jene gab ihm einen Haufen Goldstücke.
In der Früh, bevor die Mamadraga ausging, sagte sie dem Mädchen, dass es den Löffel essen müsse, andernfalls würde sie es töten, wie sie die andere Schwester getötet hatte.
Diese hatte mehr Verstand und verbrannte den Löffel, zerrieb ihn, löste ihn in Wasser auf und ass ihn.
Als einige Tage vergangen waren, kam die Mamadraga und fragte den Löffel, wo er sei.
Der Löffel antwortete ihr, er sei im Bauch des Mädchens.
Da freute sich die Mamadraga und machte es zur Herrin über alle Dinge.
Eines Tages unter den anderen Tagen wollte die Mamadraga, dass ihr Kopf gelaust würde.
Das Mädchen tat es, gab ihr aber einen Schlag auf den Kopf und tötete sie. Da sprang aus ihr ein Königssohn heraus, und er verheiratete sich mit ihr.
Was hab ich gesagt!

VII

Der Zug hielt abrupt an.
Weit und breit war kein Bahnhof zu sehen, kein Haus. Mitten auf dem Feld. Weiter hinten zeigte sich ein Wald.
Aus dem Wald kamen Menschen, ihre Haare waren wild durcheinander, ein starker Wind schien sie zu zerzausen. Vielleicht waren sie kleine Bäume, die sich auf den Weg machten, einen neuen Wald zu gründen.
Im Gang drückten sich die Passagiere aneinander vorbei wie die Schafe auf dem Hügel vor der Kirche, nur ein Hund konnte sie aufhalten.
Cerbe, rief eine Frau zu ihrem Kind, das ein Pferdchen aus Holz zog, ein wunderschönes, farbiges Pferd, viel glatter als seines. Ihm schien, dass aus dem Pferd kleine We-

sen mit Waffen stiegen. Cerbe, warte auf mich.
Das Kind schaute in das Abteil und fragte ihn:
Hast du auch ein Pferd aus Holz?
Ja.
Kommst du mal mit mir spielen?
Ja, ich komme gerne mal, wenn ich meine Reise beendet habe.
Meine endet bald und deine?
Ich habe noch ein paar Stunden.

Sein Abteil füllte sich mit jenen kleinen Wesen. Stimmen waren zu hören, Schreie.

Schade, ich würde auch noch gerne ein paar Stunden mit dir fahren.
Du musst ja nicht mehr reisen, deine Mutter ist bei dir.
Ja, und mein Pferd auch.

Der Zug fuhr langsam weiter, einige verloren trotzdem den Stand und mussten von den anderen gehalten werden, damit sie nicht umfielen.
Der Mann mit der Beule lachte diesmal ganz sanft.

VIII

Warst du schon mal am Meer? Nein.
Soll ich dir eine Geschichte vom Meer erzählen? Ich sehe, du kannst nicht *nein* sagen, habe keine Angst, sage mir *nein*. Es ist wichtig, sagen zu können, was du willst.

Die Beule glänzte ein wenig, als wolle sie dazu einladen, zu verstehen, dass keine Gefahr herrschte.

Ich möchte gerne deine Geschichte vom Meer hören.

Vor ganz vielen Jahren besuchte mich mal ein Krieger. Er hatte sich verirrt und suchte den Weg zurück nach Hause. Dort wartete seine Familie auf ihn.

Sein Boot war unten am Meer und war zu klein und zu kaputt, um damit weitersegeln zu können.
Er nannte sich Niemand, denn niemand sollte wissen, dass er auf einem so kleinen Boot unterwegs war und dass er sich verirrt hatte.
Er liebte das Boot wie ein kleines Kind. Meine Freunde und ich machten mit ihm ein Spiel. Es hiess *Wer schlägt dich?*
Da er sich *Niemand* nannte, musste ich, wenn mich meine Freunde fragten, wer schlägt dich?, *Niemand* schreien. Niemand schlägt mich und es schmerzt sehr.
Ah, da lachte er! Er fühlte sich stark. Wie ein Held.
Die Dichter werden mich beschreiben, sagte er dann, sie werden sagen, dass ich kleiner Mann dich geschlagen habe.
Und jetzt fragst du dich vielleicht, was hat denn das Meer mit dieser Geschichte zu tun?

Da schaute ein Mädchen mit grossem Koffer in das Abteil.
Sie setzte sich so, dass sie ihn, das Kind Odi, genau sehen konnte.

Er war berührt von ihrem Gesicht. Es erinnerte an eine Landschaft im Sommer.
Ich heisse Penelope, sagte sie. Meine Grossmutter hat diesen Namen für mich ausgesucht.
Er lächelte verlegen, wusste nicht, was sagen und tun.
Ich reise zu meinen Eltern, gab er leise zur Antwort.

Der Wind ist heftig, er zerrt an den trockenen Ästen, die Blätter zittern wie kleine Tiere. *Niemand* schaut ehrfürchtig in den Himmel. Er kann sich nicht mehr erinnern, wo er das Boot liegengelassen hat.
Die Strasse unter uns fällt ab, an ihrem Ende wird das Meer sein. Ein unendliches Meer.

Der Mann mit der Beule schien etwas aufgeregt zu sein, seine Stimme wurde kurz heiser und gereizt.

Wir müssen einen steilen Hang hinauf, durch hohes Schilf, das meinem Helden wie eine Ansammlung schlotternder Soldaten vorkommt. Wir versinken im tiefen Sand. Alle Spuren scheinen verwischt zu sein. Es ist fast dunkel. Das Land hört auf zu sein und da beginnt das Meer.

Ich mag diese Geschichte, sagte Penelope. Leider muss ich hier aussteigen.
Aber die Geschichte geht noch weiter, sagte der Mann mit der Beule.
Wir treffen uns bestimmt wieder, tröstete ihn Penelope.

Wir hören den Wellen zu, die auf die Felsen schlagen und in leuchtenden Tropfen aufs Land fliegen wie kleine Leuchtkäfer, die diese Grenze bevölkern sollten. Da, auf einer dieser Wellen entdecken wir das kleine Boot. Es kommt daher, als sei es ein Geschenk des Meeres, das da vor unseren Augen immer wieder die Grenzen zwischen Erde und Wasser verschiebt. *Niemand* muss vor Rührung weinen. Er schreit, mein Boot, mein Boot!

Penelope klopfte ans Zugsfenster und winkte die beiden aus dem Meeressturm.

Viele der betroffenen Kinder haben keine anderen Lebensumstände erfahren als jene auf der Flucht (...)

Karin Berger-Sturm

IX

Pflanzen, gute Pflaaanzen! Pflanzen zum im Zug essen. Im Zug, in einem Zug! Haha!

Die Frau mit dem Korb öffnete die Tür eines jeden Abteils.

Wir essen bestimmt nicht davon! Ich kenne diese Pflanzen, sagte eine Stimme, es sind Zauberpflanzen und wir müssen dann für immer in diesem Zug bleiben. In Ewigkeit hin- und herfahren.

Die Frau mit dem Korb habe vor Jahren solche Pflanzen gekauft und gegessen und seither irrt sie im Zug umher und versucht, sie zu verkaufen. Vielleicht würde sie dadurch erlöst.

Sie hatte Haare wie Mönchsbart. Wenn sie den Kopf etwas bewegte, hörte man Wellen aufschlagen und es roch nach salziger Luft, Jasmin, Orangenessenz und Fisch.

Wir sind der unsichtbare Fluss unserer Freunde, darin gibt es feuergelbe Fische und an dessen Ufer darf nicht gesprochen werden, sonst droht man im Fluss zu verschwinden wie die Frau, die mir die Pflanzen verkauft hat. Pflanzen, gute Pflanzen! Pflanzen zum Essen.

Der Mann mit der Beule packte seinen Koffer, er sah aus wie ein riesiger Stein.
Ich steige bald aus. Pass auf dich auf.

Er nickte und versuchte der Lust, eine dieser Pflanzen zu essen, zu widerstehen.

Das ist gut, du bist hinter dem Rücken deiner Eltern gewachsen, so plötzlich gewachsen.
Der Mann nahm den Kofferstein, in seinen Händen wirkte er so leicht wie eine Feder.

Odi hatte die Schachtel mit den Winden in den Händen.
Sie sah dem Beutel ähnlich, den seine Mutter bei ihrer Abreise mitgenommen hatte. Ein Sacktuch mit Gurten gebunden.
Er fragte sich, wie sie zu ihm gelangt war. Schachtel der Winde, stand da drauf.
Bestimmt war das ein Scherz vom Mann mit der Beule.
Er würde sie niemals öffnen.
Die Bäume bückten sich gegen den fahrenden Zug. Es schien ihm, sie möchten den Zug fangen.
Er wusste von seiner Grossmutter, dass Bäume denken können. Sprecht mit mir, rief er ihnen leise zu.

X

Wieder standen all die Menschen im Gang. Schubsen, Stossen, Lachen, viele Sprachen durcheinander. Er hatte noch nie so viele Menschen auf so engem Raum gesehen. Was würden seine Grosseltern dazu sagen?
Der Mann mit der Beule war schon draussen, und winkte ihm zu, dann schrie er etwas in seine Richtung. Der Druck des Geschreis liess die Fenster erzittern.
Er hörte und verstand: Ziehe dich warm an. Die Göttin der Kälte kommt herein!
Eine junge Frau stieg zu, sie schien keinen Körper zu haben. Ihr Haar wirbelte in kleinen Flocken Schnee.
Die Reisenden begannen zu schniefen und zu husten, wie in einer Komposition für verschiedene Laute.

Räuspern, jappen, japsen.

Ich darf meinen zukünftigen Mann selber auswählen, aber nur die Füsse sind mir erlaubt zu sehen. Will hier jemand die Schuhe ausziehen und sich so verstecken, dass ich nur die Füsse sehe?
Er dachte darüber nach, wie sich seine Eltern gefunden hatten. Das musste er sie unbedingt fragen.
Der Beulenmann winkte so stark, dass der Zug etwas schräg stand.

Und da hatte er einen Gedanken, den er nicht mehr vergessen wollte, den er vielleicht seinem Grossvater und seiner Grossmutter sagen müsste: Die eigentliche Schönheit ist nicht im Perfekten, sie ist in den Fehlern. Sie ist in der Beule, die wie ein Auge aussah, sie ist in den unendlich vielen Sommersprossen auf dem Gesicht von Penelope oder in der fleckigen Haut von Circe. Sie ist in jedem Gesicht, in jeder Landschaft auf dieser Reise. Vielleicht würde er diesen Gedanken doch nicht weitersagen. Er kam ihm so selbstverständlich vor.

Als der Zug langsam losfuhr, sah er, wie eine Gruppe bewaffneter Männer auf den Mann mit der Beule einschlagen wollte, und da geschah etwas Unerwartetes, die Beule wurde zu einer Orange, der Mann wurde zu einem Gepäckwagen voller Orangen, der umkippte und die vielen Orangen, die auf den Bahnsteig fielen, hinderten die Männer daran weiterzugehen, einige stürzten und sahen elend hilflos aus. In letzter Sekunde konnte er noch erkennen, wie der Mann mit der Beule winkend im Bahnhofsausgang verschwand.

Camouflage hiess es da. Wieder kam dieses Wort mit auf die Reise zu seinen Eltern.

Der Zugbegleiter hatte etwas überfröhlich die Türe zum Abteil geöffnet:

Eine Seele wiege ungefähr 21 Gramm. Ein Arzt soll dies nach einigen Experimenten herausgefunden haben. Da in meiner Tasse sind ungefähr 21 Gramm. Ich trinke eine Seele, die ich aus einem Körper destilliert habe.

Diese Erkenntnis hatte er in den Raum geredet – seine Uniform strahlte glücklich, so als wäre sie die Seele.
An wen sich diese Aussage richtete, war nicht ganz klar.

Er fragte sich, ob seine Seele auch schon auf 21 Gramm angewachsen war. War das Gewicht der Seele eine feste Grösse oder musste auch sie dem Wachstum gehorchen? Und wie war die Seele seiner Grosseltern, die immer kleiner und dünner wurden?

Der verfolgte Leuchtkäfer verbirgt sich im Mond.

Das ist ein Haiku von Matsuo Bashô, sagte der Mann mit den Ohren, die spitz aus seinem dichten Haar lugten.

Er will nur eins, nur eins,
den Pfad entdecken,
der ihn zu den Sternen führt.

Der Zug hielt an. Draussen war es dunkel. Es roch nach dieser unvergleichlichen Mischung von Eisenstaub und feuchtem Felsen.

Da begegnen wir den Toten.

Aus der Dunkelheit des Tunnels stiegen Gesichter empor, die wie Spiegelungen der Gäste des Zuges ausschauten und es doch nicht waren, eingefallen und fahl ihre Gesichter, sie kamen aus einer anderen Zeit.
Aus einer Spiegelung hörte er, wie jemand laut einen anderen begrüsste.

Was machst du da, Claude?
Wenn du lange genug sitzen bleibst und schaust, zwei oder drei Stunden, dann siehst du den Tod.

Wie eine Frau, die Honig aus dem Topf über den Blätterteig fliessen lässt.

Das sagte ein Mann, der im Tunnel vorbeikam, und er behauptete auch, er sei in seinem Leben alles gewesen, Kind, Mann, Frau, dann wieder Mann, sehend und blind.

Keine Angst, wir bleiben nur kurz in der Unterwelt, dann geht es weiter zu den hohen Felsen.

Er gab allen eine Schokolade *Uncover our passion. Scilla Chocolates.*

Nach dem Tunnel komme eine Gegend mit Kühen und Schafen, die nicht berührt werden dürften.
Als er ging, roch es kurz nach verbrannten Kleidern.

Erst jetzt bemerkte er, dass die Schokolade in seinen Händen wie ein Tattoo aussah.

Was war das? Ein Traum?
Nein, das war kein Traum, sagte eine Mitreisende, die noch nicht lange in ihrem Abteil

war. Ihr Mund sah aus wie der Schlitz einer Sparbüchse.
Er kommt immer wieder, wenn der Zug in diesem Tunnel anhält. Einige behaupten, er sei ein Geist. Die Schokolade ist jedenfalls echt und ganz gut. Und er wusste, dass du eine Reise zu deinen Eltern machst, stimmt das? Du hast sie sieben Jahre nicht gesehen, stimmt das?

Ja, das stimmt.

Die Frau presste ihre schmalen Lippen zusammen. Sie, nahm Sachen aus ihrem Koffer und stellte sie so hin, dass sie selber aussah wie eine dieser Sachen, dann versteckte sie sich in ihrem Schal.
Sie war voller Zeit, voller Erinnerungen. Dachte sie an ihre Mutter? An ihre Kinder? Plötzlich lachte sie laut: sieben Jahre!

Odi hätte sich gerne die Ruhe des Dorfes zurückgewünscht.
Gespräche waren dort kaum länger als guten Tag und gute Nacht.
Dazwischen Schweigen.
Und wenn ein Stück Stoff vor der Tür hing, dann wurden dort Stoffe verkauft. Die Grossmutter liebte Stoffe.
Zu hören waren nur die Häuser, die Tätigkeiten darin, die Tiere, der Wind und das beruhigende Rauschen der Erde, wenn es ganz still war.

Das Märchen des Grossvaters

Es war ein Armer, arbeitete Nacht und Tag, aber Brot hatte er nicht zu essen. Eines Tages fasste er einen Entschluss und sagte zu seiner Gattin: »Ich will gehen, um mein Glück zu finden, denn so können wir nicht leben.« Und jene sagte ihm: »Geh!« So brach er auf.

Auf dem Wege traf er einen Wolf. Der Wolf fragte ihn: »Wohin gehst du?« Der Mann antwortete: »Ich gehe, um mit Gott zu sprechen, damit er mir mein Glück zeige.«

»Sage auch für mich, dass ich immer Fleisch esse und nicht satt werde«, antwortete ihm der Wolf.

Der Mann kam zum Meeresufer. Dort fand er einen grossen Fisch. Der Fisch fragte ihn: »Wohin willst du gehen?«

»Ich will gehen, um mit Gott zu sprechen.«

Da sagte ihm der Fisch: »Frage ihn auch meinetwegen, dass ich Nacht und Tag im Wasser bin und doch immer Durst habe.« Und der Fisch nahm ihn und brachte ihn an das andere Ufer des Meeres.

Der Mann kam zu einem Gasthaus. Der Gastwirt wollte auch wissen, wohin er ging.

Der Gastwirt hatte einen Garten, und was immer er drin ansetzte, gedieh nicht.
»Weil du gehen willst, um mit Gott zu sprechen, sage auch meinetwegen, warum das Obst in meinem Garten nicht gedeiht.«
Und der Mann machte sich wieder auf die Reise, und die ging, solang sie ging. Da begegnet ihm der Engel, der ihn fragte, wohin er wolle.
»Ich will gehen, Gott zu treffen, dass er mir das Glück zeige.«
Ihm sagt der Engel: »Ich bin Gott, kehre wieder um, und das Glück findest du unterwegs.«
»Mir hat auch der Wolf aufgetragen, dich zu fragen, wie es kommt, dass er immer Fleisch isst und nicht satt wird.
Und der Fisch, dass der Durst nie von ihm weicht. Und der Gastwirt, dass in seinem Garten nichts gedeiht.«
Da sagt der Engel: »Sage dem Wolf, dass er ohne Menschenfleisch zu essen nicht satt werden kann. Sage dem Fisch, dass der Durst nie von ihm weichen wird, wenn er den Edelstein nicht herauszieht, den er im Bauch hat. Sage dem Gastwirt, dass er im Garten einen Schatz hat, und wenn er den Schatz

nicht ausgräbt, so wird ihm das Obst nicht gedeihen.«
Dann entschwand der Engel.
Der Mann kehrte zurück und ging zum Gastwirt und sagte ihm, was der Engel aufgetragen hatte.
Der Gastwirt war ihm dankbar. »Komm! Gehen wir, den Schatz zu heben, und du sollst die Hälfte von ihm nehmen.«
Der Mann aber will weitergehen. »Ich finde das Glück unterwegs.«
Als er zum Fisch kommt, sagt er ihm: »Ich fragte, und mir sagte der Engel, dass du einen Edelstein im Bauch hast, und wenn du ihn nicht herausziehst, wirst du vom Wasser nicht satt werden.«
So nahm ihn der Fisch und brachte ihn wieder an das andere Ufer zurück. Dort zog er sich den Stein aus dem Bauch und sagte zu dem Mann: »Nimm du diesen Stein, denn er ist ein Königreich wert!«
»Danke, aber ich brauche den Stein nicht, denn ich finde mein Glück unterwegs.«
Der Mann ging weg, ohne den Stein zu nehmen, und so kam er zum Wolf.
Diesem erzählte er, was der Engel gesagt hatte.

»Du wirst niemals satt werden, wenn du nicht Menschenfleisch isst.«
»Umso besser, dass ich dich hier habe«, sagte der Wolf.
Und nun wäre die Geschichte zu Ende und der dumme Mann würde gefressen werden, denn zweimal hatte er sein Glück nicht bemerkt!
Der Wolf aber hatte die Geschichte vom Heiligen Franziskus mit dem Wolf gelesen und frass ihn nicht auf.

Auf der Reise hatte er gelernt sich allem anzuvertrauen wie ein machtloses Wesen. Erstaunlich, wie die Menschen sich dann um dich kümmern.
Sie geben zu essen und zu trinken.
Sie begleiten dich ein Stück auf deiner Reise.
Er hatte erfahren, dass den Menschen vertraut werden kann. Das stimmte ihn - optimistisch. Genau dieses Wort dachte er, ein Wort, das der Bruder seines Vaters häufig verwendet hatte, bevor er für immer verschwand: *optimistisch und elektrisch.* Optimistisch und elektrisch, sagte er.

Er ist der verlorene Sohn, sagten die Grosseltern, er kommt irgendwann wieder zurück.

Die Namen der Kinder, die in den Kriegen getötet werden. Eine lange Liste der zerstörten Leben.
Eine lange Liste der Trauer.

Liste in »Il Sole 24 Ore«

Bald würde Odi am Ort ankommen, wo seine Eltern auf ihn warteten.
Ein Mann stieg in das Abteil, schaute in die Runde, nahm ein Buch heraus, darauf war ein Kleber mit der Aufschrift *Bestseller.*
Odi hätte sich ein T-Shirt mit der Aufschrift *Reise zu meinen Eltern* gewünscht.
Der Mann stellte sich allen höflich vor, fast wie ein Handelsvertreter.
Ento, sagte er und reichte die Hand. Eine warme, starke Hand. Er strahlte Vertrauen aus im Abteil.
Auch der Zug schien ruhiger zu fahren.

Manchmal schlafe ich so schnell ein, dass ich nicht einmal *ich schlafe ein* denken kann. Später erwache ich wieder, weil ich es nicht gedacht habe.
Das erinnert mich an etwas, meinte Ento.
Die Frau schien am ganzen Körper zu zittern, tat es aber nicht, es war nur eine optische Täuschung. Ein Zittern der Luft.
Für einen ganz kurzen Moment sah sie aus wie er. Wie hatte sie das geschafft?
Danach hörte das Zittern auf und sie nahm ihre Gestalt wieder an. Ento schien das nicht weiter zu kümmern.

Er sagte nur: Ich werde dich in den letzten Augenblicken deiner Reise beschützen, denn kaum steigst du aus, werden viele kommen, die sich als deine Eltern ausgeben oder als deine Freunde. Ich werde dich vor ihnen beschützen.
Odi stellte sich einen Markt mit Menschen vor, wie er manchmal im Dorf der Grosseltern war. Menschen, die dich berühren und ansprechen, die dich aufhalten, weil sie dir etwas verkaufen wollen. Menschen, die so tun, als würden sie dir etwas schenken, um dann drohend Geld zu verlangen.
Ich lese dir etwas vor, sagte Ento.
Alle im Abteil spitzten die Ohren.
Odi sah ihn vor sich in einer anderen Zeit, eingewickelt in ein Tuchkleid, in einem Wald neben ihm ein müder Krieger, auch er aus einer anderen Zeit.

Ich hörte das Pfeifen der Züge, das, mehr oder weniger weit entfernt, wie das Singen eines Vogels die Entfernung anzeigt, mir die Weite einer verlassenen Gegend beschreibt, in der ein Reisender in Richtung eines nächsten Bahnhofs eilt und dessen Weg dorthin sich in seine Erinnerungen einprägt,

in der Erregung der neuen Orte, der geführten Gespräche, der Abschiede im Licht einer fremden Lampe.
Odi war eingeschlafen.

Ich werde ihn rechtzeitig wecken. Ich weiss, wo er hinfährt, sagte Ento zu den anderen Reisenden im Abteil, als wäre er ihnen eine Erklärung schuldig. Vielleicht war es auch so, dass sich das ganze Abteil für das Kind verantwortlich fühlte. Eine Art Gegenbewegung zu dem, was sonst in der verletzten Welt geschah.

Willst du sehen, wie du später bist? fragte Ento.
Ich hatte die Frage nicht verstanden und sagte nichts.
Ein Mann kam herein. Er schaute mich an. Er schien sich zu fragen, ob er mich kennen müsste.
Ich habe eine ähnliche Reise gemacht wie du, sagte er. Eine Reise zu den Eltern. Ich habe darüber ein Buch geschrieben.
Ein Buch? Warum hast du darüber ein Buch geschrieben?

Gute Frage, sagte der Mann. Sein welkes Gesicht schien sich zu vergessen. Es wurde zu einer fast leeren Wand, ein paar Adern hingezeichnet wie das zerstörte Netz einer kleinen Spinne. Der Mann verschwand wieder.

Ich war am falschen Bahnhof ausgestiegen.
Keine Eltern in Sicht.
Ich kam mir vor wie in den Erzählungen meiner Grossmutter, wenn sie erzählte, wie unsere Vorfahren mit Booten übers Meer gekommen waren und es einige gab, die in ihrem Wahn eine grosse Welle für Festland hielten, aus dem Boot sprangen und für immer verschwanden.
Sie waren Festländer gewesen.
Und das Meer hatte sie wahnsinnig gemacht.

Ich wollte schon untergehen in diesem Meer am falschen Bahnhof, als ich eine Hand auf den Schultern spürte.
Ihre Wärme beruhigte mich.
Ich fühlte mich aufgehoben.
Es war die Hand meiner Mutter.

Odi war sich sicher. Die Eltern würden ihm diese Reise nicht glauben. Sie würden sagen, du hast eine ganz normale Reise gehabt. Es kann nicht sein, dass du solche Geschichten erlebt hast. Du bist eingeschlafen und hast geträumt. So einfach ist das alles.

Als Odi mit seinen Eltern auf den Ausgang des Bahnhofs zulief, entdeckte er die Frau, die ihm gesagt hatte, dass sie Menschen verwandeln könne. Sie trug grosse Koffer und einen Sack - darauf war ein Schweinekopf gezeichnet.
Ihm schien es, dass sie fragte, ob sie die Eltern verwandeln solle.
Nein, schrie er, dabei wollte er nicht schreien.
Die Eltern schauten ihn verblüfft an.

Du hast eine lange Reise hinter dir, sagte sein Vater und grunzte unhörbar.

Als würde sich für ganz kurze Zeit ein Fenster auf die Zukunft öffnen, sah er, wie seine Eltern sterben werden.
Zuerst seine Mutter in einem unbekannten Zimmer, in einer grünen Landschaft. Sie möchte nicht gehen.
Danach sein Vater auf einer Treppe, neben ihm ein Einkaufskorb mit Oliven aus Griechenland.
Odi möchte das Fenster schliessen, mit aller Kraft, denn zuerst müsste Leben sein.
Er war bei den Eltern angekommen.

Odi spürte eine Energie, die in ihm und gleichzeitig auch an einem anderen Ort war.
Alles fühlte sich weiss an.
Warmes Weiss.
Er sah, wie auch seine Eltern auf dem Gehsteig davon erfasst wurden und fast ohne Gewicht auf ihn zukamen, als wären sie nur noch Geist, als hätten sie ihren Körper verlassen.
Hinter ihrem Rücken schien die Welt auseinanderzufallen.

Er wurde ihm klar, das Weiss wird sein kindliches Denken aussschalten, seine Eltern können ihn nicht mehr beschützen, sie brauchen ihre Kraft für ihr eigenes Sein.

Ein Kind trägt seinen kleinen Bruder auf
dem Rücken und rennt.
Das Kind ist barfuss.
Das Kind rennt mit letzter Kraft durch
eine zerstörte Stadt.
Sie sind auf der Flucht.

Es war Nacht, als Odi in der Wohnung seiner Eltern ankam.
Es kam ihm so vor, als herrsche darin ein fantastisches Schneegestöber.
Es war ihm plötzlich heiss, und er öffnete das Fenster, um in seiner einsamen Ungeduld, mit seinem Hunger nach Erinnerungen, wenigstens das ans Fenster grenzende grasüberwachsene Feld der Nacht zu sehen.
Jetzt mit den Eltern über das Gras gehen, dachte er.

Nachwort

Schwer zu sagen, warum sich gewisse Themen melden und behaupten, sie wollen geschrieben werden. In meiner Geschichte des Schreibens ist es mehr als einmal vorgekommen, dass ich an einem Projekt war, das wegen eines plötzlichen Einfalls, einer dringenden Schreibeinladung, ausgesetzt werden musste. Zuletzt so geschehen mit dem Buch *Plus 1,5 Grad Celsius*. Die Geschichte über junge Menschen aus verschiedenen Ländern, die in einem Sommer für das Klima (und somit für die Rettung der Welt) kämpfen wollen, verlangte, ohne Aufschub geschrieben zu werden.

Dass ich jene Erzählung schreiben musste, hatte auch einen äusseren Anlass. Ich leitete

damals Schreibateliers an einem wunderbaren Ort im Tessin mit dem Namen Terra Vecchia. Schon der Name löste Fragen aus, die im späteren Buch vorkamen. Haben wir die Möglichkeit einer Terra Nuova – einer neuen und anderen Erde? Wir sollten ganz genau zu unserer Terra Vecchia schauen, denn zu ihr gibt es keine wirklichen Alternativen.
An den Schreibateliers nahmen junge Menschen teil, einige aus gut behüteten Verhältnissen und andere mit einem Fluchthintergrund, auf sich gestellt und mit grossen Erwartungen ihrer Verwandten konfrontiert. Letztere waren tagelang zu Fuss unterwegs gewesen, durch wüstenähnliche Landschaften, mit wenig Wasser, ohne Schutz.
In jedem Atelier löste das Schreiben, vor allem bei den besonders ungeschützten Menschen, Augenblicke eines Dammbruchs der Gefühle aus.

Ich las ihnen Texte vor, die sie nicht verstehen konnten, weil sie die Sprache nicht kannten. Ich hatte zum ersten Mal versucht, in meiner Muttersprache zu schreiben. Im gemeinsamen Schreiben mit ihnen wurde mir bewusst, dass ich im Grunde keine Geschichten schreibe. Ich schreibe vor allem Wörter und Sätze, die zu Geschichten werden können. Mallarmé soll gesagt haben, dass Gedichte aus Worten und nicht aus Gedanken gemacht werden. Vielleicht gilt das in gewissen Fällen auch für Geschichten.

Das Vorlesen in einer unbekannten Sprache sollte für sie wie eine Musik zum Meditieren werden.
Einer von ihnen sagte, es sei für ihn wie das Aufschlagen der Wellen am Ufer, bevor er auf das Boot gegangen sei.

Eine letzte Ruhe vor der grossen Gefahr?

Es kam oft vor, dass einige wie wild drauf los schrieben und dann nichts vorlesen wollten. Zwang sollte es keinen geben. Das wurde schon vor den Schreibateliers abgemacht, damit sich die Beteiligten so frei wie möglich fühlten. Ich fragte sie, ob sie uns wenigstens einen Satz schenken möchten, damit wir in der Gruppe den Ton ihrer Schreibsprache mitbekämen. Der Satz war meistens eine Variation von »Ich möchte

meine Mutter wiedersehen.« Gehörte diese Art von Schreiben zur Welt der Mutter?
Es gab auch Geflüchtete, die nicht einmal einen Satz vorlesen wollten, als habe ihnen der Text, der aus ihnen geflossen war, die Sprache verschlagen, die Zunge abgeschnitten.

Die Lieder, die wir aus Sätzen dieser Erzählungen komponierten und sangen, trösteten uns und gaben uns nebst der Natur, die uns umgab, den nötigen Atem.
Aus jenem Singen heraus entstand in mir der Wunsch, die Geschichte des Kindes in *Ich weiss nur, dass mein Vater grosse Hände hat* ein neues Mal zu erzählen. Ich war ja, obwohl ich die Ateliers professionell leitete, den Gefühlen, die in den Treffen und beim gegenseitigen Vorlesen und Vorsingen entstanden, ähnlich ausgesetzt wie die jungen Menschen.

Es handelt sich nicht wie bei Filmen um eine restaurierte Fassung, nein, es ist eine Einladung, die Reise noch einmal schreibend zu unternehmen. Und ja, vielleicht den »Bestseller-Satz« aus den Ateliers »Ich

möchte meine Mutter wieder sehen« auch in meinen Text hineinzuweben.
Die Bilder der Kinder mit ihren leeren Pfannen in den Händen, anstehend in einer erdrückenden Menge an Menschen. Ihr Blick hungernd nach Essen, nach Frieden, nach Liebe. Vielleicht haben sie gar keine Wörter für all das Schreckliche, vielleicht ist ihre Sprache so zerstört wie die Häuser hinter ihnen.

Die erste Reise des Kindes zu den Eltern wurde vor genau 40 Jahren veröffentlicht. In *Ich weiss, dass mein Vater grosse Hände hat. Tagebuch eines Kindes* stand nicht die Reise im Zentrum, sondern das Verlassen der gewohnten Umgebung, des Dorfes, der Freunde und der Grosseltern. Dass diese Geschichte nun neu geschrieben werden will, erstaunt mich nicht; weshalb dem so ist, kann ich nicht erklären. Sie hat mich zum Schreiben als Existenzmöglichkeit geführt, davor kannte ich das Schreiben nur als Lesen. Vier Jahrzehnte später bin ich noch da und glaube immer noch an das Schreiben als Kunst des Überlebens. Das Kind wächst ohne die Liebe der Eltern auf. In den ersten

Lebensjahren ist gerade sie der Zugang zur Welt, zum Leben, zum Werden überhaupt.

Odi ist ein erfundenes Kind. Die Erzählstimme hat niemandem die eigene Lebensgeschichte gestohlen.
Wenn also das Kind in *Ich weiss nur, dass mein Vater grosse Hände hat* zu einem bedeutenden Teil aus meiner Lebensgeschichte entstand, ist das Kind in diesem Text eines, das sich losgelöst hat und zu etwas Eigenem geworden ist.
Über das Gras gehen ist eine Reise, vor allem eine Reise. Kein Tagebuch des Verlassens, sondern ein Weg, um zu den Menschen zu gelangen, die das Kind begleiten sollten. Es ist aber auch eine Reise in die Einsicht, dass wir auch mit einer gewissen Reisegeschwindigkeit und mit einem genauen Ziel nicht dort ankommen, wo wir anzukommen glaubten. Die Einsicht, dass genau dieses Ankommen nicht mehr möglich ist.

Nach den Schreibateliers brauchte ich eine Sitzung bei meinem Therapeuten: Ich fühlte mich nicht richtig auf der Welt, sogar das Schreiben bereitete mir Bauchschmerzen.

Gedanken aus meiner Jugend stiegen wieder in mir auf. Alles sei nur vom Kapital bestimmt, jede noch so poetische Idee und Handlung werde sofort vermarktet. Sogar die Aktien der Rüstungsindustrie durften in die sogenannten Nachhaltigkeitsfonds aufgenommen werden. Ich war hilflos und hatte Schmerzen und war Teil einer riesigen Kapitalmaschine, die den Superreichen gehörte.
Von meinem Therapeuten hatte ich mir eine Einladung zu einer neuen Revolution erwartet. »Lass uns so lange revolutionieren, bis die Welt ganz gut ist, bis Mensch, Gerechtigkeit und Natur sich nicht ausschliessen.«
Nach langem Schweigen sagte er: »Gehe so häufig wie möglich übers Gras, barfuss.«
Danach las er mir einen englischen Text vor.
»Soil ist the richest habitat on the planet and contains billions of beneficial microbes that can make their way into and on the body.«
Erst Tage später realisierte ich, dass er mir durch seinen Vorschlag den Titel des Buches eingeflüstert hatte.

Die Zitate auf den S. 31, 39, 51 sind der Zeitschrift »terra cognita« Herbst 40/2024, herausgegeben von der Eidgenössischen Migrationskommission, entnommen:

S. 31, Patricia Lannen und Raquel Paz Castro, Kinder und Jugendliche in der Schweizer Nothilfe, S. 72

S. 39, Carola Mantel, Der zweite Blick im Kontext von sozialer Ungleichheit und Vulnerabilisierung, S. 62

S. 51, Karin Berger-Sturm, Politische Arbeit für die Rechte von Kindern, S. 146

Das Zitat auf Seite 73 stammt aus »Il sole 24 ore« vom 14. August 2025

Der Autor

Francesco Micieli, geboren in S. Sofia d'Epiro (Italien), seit 1965 in der Schweiz; lebt als freier Schriftsteller in Bern. Sein Werk wurde mit mehreren Preisen ausgezeichnet und in verschiedene Sprachen übersetzt.

Im verlag die brotsuppe sind bisher erschienen »Mein Vater geht jeden Tag vier Mal die Treppe hinauf und herunter« (2007), »Kindergedichte« (2018), »Der Auftrag« (2021), »Plus 1,5 Grad Celsius« (2023) und »Der Agent der kleinen Dinge erwacht am Bach« (2024).

Wir danken der Stadt Bern und dem Kanton Bern
für die wertvolle Unterstützung.

Kultur
Stadt Bern

SWISSLOS
Kultur Kanton Bern

Der verlag die brotsuppe wird vom Bundesamt für Kultur für die Jahre 2026 – 2028 mit einem Strukturbeitrag unterstützt.

Ansprechpartner: verlag die brotsuppe, Oberer Quai 12, CH-2503 Biel/Bienne, info@diebrotsuppe.ch
Die Werkstatt Verlagsauslieferung GmbH, Königstrasse 43, DE-26180 Rastede,
info@werkstatt-auslieferung.de

www.diebrotsuppe.ch
ISBN 978-3-03867-120-6

Umschlag, Layout: Ursi Anna Aeschbacher, Biel
Druck: CPI Druck, Leck